Du même auteur au Rouergue

Cornichon Jim - **2015, roman dacodac.**
Une histoire de sable - **2016, roman doado.**

Graphisme de couverture : Olivier Douzou
Photographie de couverture : © Simon Barber/Millennium Images UK

www.lerouergue.com

doado noir

Benjamin Desmares

des poings dans le ventre

rouergue

chapitre 1

La cour est calme. Il a plu tout à l'heure, pendant le cours de physique. Le sol est encore humide. Luisant. Un vent froid hante les coursives. Il est 13 h 30. Le dos contre le mur du bâtiment de sciences, tu écoutes.

Tu es seul. Premier à sortir le midi, premier à rentrer chez toi. Premier aussi à remettre les pieds dans cet endroit que tu détestes. Ici ou chez toi, après tout, n'est-ce pas la même chose ?

Tu entends leurs bruits bien avant de les voir. C'est drôle, semaine après semaine, il y a toujours des rires. Malgré tout. Ils oublient vite. Tu les vois arriver, ils sont là, ils rient et se bousculent. Bientôt la cour en sera pleine. Alors, tu pourras faire ton choix.

La dernière fois ? C'était la semaine dernière, rappelle-toi. Ce grand type qui fait des démonstrations de karaté dans la cour. Son beau visage impassible, la jambe tendue, impressionnant de maîtrise. Et le pied qui s'arrête à un centimètre du menton de son ami. Ça n'a pas traîné. Tu n'as pas douté de toi une seule seconde. Lui non plus ne semblait pas douter. Le buste bien droit, en position, martial. Mais tu possèdes en toi une force supérieure que rien n'arrête. Le karatéka est reparti les lèvres déchirées, en sang.

Voilà, ils sont tous là, grouillants. La cour en est pleine. Ils sont le banc d'anchois et toi le grand requin blanc. Prédateur ultime. Machine implacable. Tu ouvres et fermes les poings. Tu sens tes muscles rouler sous ton sweat. C'est agréable, ce sentiment d'invincibilité.

Tu te redresses et tes larges épaules se décollent du mur. Tu vas rentrer dans le banc d'anchois. Tu sauras bien lequel choisir. Tu fonctionnes à l'instinct. Tu sais que tu peux te le permettre. En approchant, tu sens les premiers regards en coin.

Regards craintifs, vite détournés.

Il y en a plein, mais ce serait trop facile. Tu avances et en croises certains qui ont été tes amis. Tes amis, tu les as tous tabassés au moins une fois. Comme ça. Pour voir. Pour rire, presque.

Tu continues d'avancer, ils font des efforts pour faire comme s'ils ne te voyaient pas. Ça y est, tu t'es décidé. Ça n'a pas été très long. Il est là-bas, pas loin du panneau de basket. Il parle avec deux filles. Des filles de ta classe. Lui est dans une autre troisième. Toujours à se marrer. À faire son mariole. D'ailleurs, les filles sont en train de rigoler.

chapitre 2

Tu n'as pas choisi le plus costaud. Mais celui-ci a une grande bouche. À l'aise quoi qu'il arrive. La répartie facile et la vie aussi, sans doute. Tu es là, derrière lui, les deux filles t'ont vu mais pas lui. Pas encore. Puis, quand même, il se retourne. Tu ne perds pas une miette de ce qui se passe sur son visage. Tu le découvres enfin, ce visage qu'il ne montre jamais ici. Ce visage grave, ce visage anxieux, ce visage qui n'a plus rien de drôle.

Ta seule présence ici, devant lui, le piège. Il sait déjà que sa première parole, que son premier mot, va le condamner. Il sera perdu. À ta merci.

– Quoi ?

Curieux, c'est souvent par ce mot que ça commence. « Quoi ? »

Aujourd'hui, tu innoves. Tu ne réponds pas. Tu le laisses seul. Tu veux voir jusqu'où il va s'enfoncer avec ses mots. Ses mots dont il tire d'habitude sa force.

– Qu'est-ce qu'il y a ?

Tu le pousses un peu, à peine. Ta main à plat sur son épaule.

– C'est bon !

Son corps vrille. Il manque de tomber, recule d'un pas. Les filles te parlent mais tu n'entends pas ce qu'elles te disent. En fait, tu t'en fous. Tu le pousses encore. Un peu plus fort. Et il recule encore.

Voilà, vous y êtes. Tous les deux comme prisonniers au milieu d'un cercle que vous seuls pouvez voir. Pris au piège de vos regards qui ne parviennent plus à se passer l'un de l'autre. Quelqu'un a posé une épaisse couverture sur la cour. Elle filtre les bruits et la lumière. Et l'autre qui charge parce qu'il n'a plus le choix. Les bêtes sauvages font ça. Se retourner, haletantes, pour faire face au prédateur.

Tu le cueilles d'un coup sur l'oreille. Il tombe, se rattrape d'une main sur le sol, se relève. Il aimerait être ailleurs mais il n'y a plus d'issue. Le cercle de tout à l'heure, invisible, tu peux le voir à présent. Formé par les curieux qui se sont approchés. Vous êtes rentrés dans l'arène. Et toi, forcément, tu es le champion.

Les filles crient. Mais leurs cris glissent sur toi sans t'atteindre. Tu as quelque chose à finir. Alors, tu fais un pas en avant et traverses sa défense. Sans t'en faire. Il tente bien quelque chose, peut-être même parvient-il à t'atteindre. Ce n'est pas grave. Tu t'es fixé un but. Alors tu y vas de ton « Un-deux-trois. » « Ba-Ba-Bam ! », comme tu répètes souvent dans ta tête. Trois coups dans le ventre. Personne ne tape aussi vite et aussi fort que toi. C'est ton truc. « Ba-Ba-Bam ! » Plutôt dans le ventre quand tu es au bahut. Éviter que ça se voie pour éviter les ennuis. Mais les ennuis, après tout, qu'est-ce que ça peut faire ?

L'autre est plié en deux. Il se laisse aller sur le sol, s'allonge doucement, ouvre la bouche. Ses yeux brillent, des larmes coulent sur ses joues. C'est tout ? Oui, c'est tout pour aujourd'hui. Un grand calme s'abat sur toi. L'arène disparaît peu à peu. C'est fini et tu te sens seul et triste.

Tu entends quelqu'un qui crie derrière toi. Cette fois tu te retournes. C'est un pion. Il est nouveau, arrivé depuis la rentrée. Il approche à grands pas et tu le regardes. Pendant quelques secondes, tu te demandes si tu ne vas pas faire pareil avec lui. Trois coups dans le ventre. D'ailleurs, dans ses yeux à lui aussi, tu peux voir la peur que tu inspires. Tu te reconnais dans leurs yeux. Il est là maintenant, en train de te crier dessus. Il dit que tu n'es pas bien, il dit que tu as un problème.

Puis il t'emmène vers les bureaux.

chapitre 3

Tu rentres dans la classe alors que le cours de français a commencé. Tu rentres sans frapper, le prof t'arrête. Tu tends le papier, vous vous jaugez un instant. Tu rejoins ta place.

Les regards ne s'attardent jamais sur toi. Les gens sentent le danger. Alors personne ne te regarde tout à fait. À part peut-être celui-là, justement, ce prof de français qui vient d'Algérie. Il a une façon de fixer les gens quand il leur parle. Comme s'il voyait à l'intérieur d'eux. Pour qui se prend-il cet abruti ? Comment ose-t-il ? Ne se rend-il pas compte du danger qu'il court ? Ne jamais fixer un chien méchant. Toujours laisser traîner les yeux plus loin, sur la croupe. Pas d'offense. Pas de provocation.

C'est cette année que tu as compris que tu pouvais faire peur aux adultes. Aux adultes aussi. Tu as repéré la même lueur affolée dans leurs yeux. La même que tu faisais naître auparavant dans ceux de tes camarades. Ça a commencé avec la prof de maths. Puis, très vite, simplement par ta présence, les autres s'y sont mis. Ils n'osent plus s'approcher. À part le prof de sport peut-être. Mais lui, là ! Le prof de français avec sa grosse touffe de cheveux noirs bouclés. Ce n'est qu'un faible qui n'a que ses livres et ses citations pour se défendre. S'il le fallait, tu n'en ferais qu'une bouchée. Alors pourquoi te regarde-t-il comme ça en te parlant de Montesquieu ? En te parlant d'Hemingway et de Romain Gary ?

Puisque c'est ainsi, toi aussi tu le dévisages. Toi aussi tu lui mets la pression. Tu ne le lâches plus. On va bien voir qui est le plus fort.

Quand vos regards se croisent, c'est baston, comme dans la cour.

Ça dure plus longtemps, peut-être, mais tu tiens bon. Tu sais que tu es le plus fort. Et lui aussi doit le sentir. Alors, pour finir, il détourne les yeux, abandonnant le combat comme le dernier des lâches.

Il a compris.

Tu l'as vaincu.

Tu peux sortir de l'arène. Vainqueur. Encore une fois vainqueur, tu ne connais pas d'autre alternative. Tu tournes la tête, observes tes camarades de classe. Eux aussi ont compris ce qui vient de se jouer. Il y a de l'électricité dans la salle de classe. Chacun regarde droit devant lui, tendu.

Quoi ? Pardon ? C'est à toi qu'il s'adresse ? Tu tournes la tête vers le bureau. Le prof est là et non seulement te fixe de ses yeux de chouette mais te parle. Il vient de te poser une question. Alors ? Alors ?

– Quoi ? demandes-tu, fou de rage.

Il te repose la question. Ses yeux se sont replantés dans les tiens. Il n'a donc pas compris tout à l'heure ?

Il en veut encore ? Il en veut plus ? Ta main dans sa gueule ? Quoi la question ? Si tu l'as comprise ? Mais on s'en fout, ce n'est pas ça le problème. Le problème, c'est qu'il te cherche. Et s'il te cherche…

Un autre lève la main et le prof se détourne de toi.

– Oui ?

Bonne réponse.

Tu passes le reste du cours à essayer d'engager à nouveau le combat. Histoire d'en finir une bonne fois. De le terrasser. Mais les yeux du prof vont de l'un à l'autre en glissant sur toi.

Il a peur. C'est sûr.

chapitre 4

Quand tu rentres chez toi, ta mère t'attend. Elle a eu le collège. Tu t'es encore battu. Cette fois, tu es viré toute une semaine. Et la prochaine fois, ce sera pour de bon. Elle veut te parler.

Ça tombe mal. Tu n'as rien à lui dire.

Elle insiste et tu pars vers ta chambre. Alors elle te retient par la manche et t'appelle par ton prénom.

– Blaise !

Tu détestes ton prénom. Tu hais plus encore le ton larmoyant qu'elle prend pour t'appeler. Toute cette pitié, cet amour maternel. Tu n'en veux pas. Il te ramène à ces années où tu étais faible. Petit garçon dans les jupes de sa mère. Sans personne pour prendre sa défense.

– Blaise !

Tu te dégages d'un coup d'épaule. Elle dit quelque chose, là, dans le couloir. Tu ne comprends pas ce qu'elle raconte, tu n'entends plus. Mais d'un coup, tu te retournes, fais demi-tour et reviens vers ta mère.

Et tu te retrouves dans ce couloir à la secouer. Tu cries aussi. Tu as mis les mains autour de ses épaules et tu la secoues. Et là, dans ses yeux, pour la première fois : la peur. Tu ne sais plus ce que tu lui dis. Tu hurles. Tu lui donnes des ordres. Tu l'insultes.

Quand tu la lâches enfin, elle se laisse glisser contre le mur du couloir. Le mur où des photos de vous deux, souriants, trônent. Elle s'affaisse sur le lino. Et pleure.

Ce spectacle te dégoûte et t'énerve. Tu es ivre de rage. Tu aimerais en avoir cinq devant toi. Cinq comme celui de cet après-midi. Des beaux parleurs. Cinq à détruire. Mais pour l'heure, tu passes dans la cuisine, avises le sac à main de ta mère, fouilles, trouves le porte-monnaie. Tu te sers et pour la première fois, tu n'essaies pas de dissimuler quoi que ce soit. Mieux, tu jettes le portefeuille ouvert sur la table, à côté des miettes du repas de ce midi.

Tu sors et en passant dans le couloir, tu devines la silhouette de ta mère, en boule sur le lino. Elle pleure. Tu détestes les sentiments qui te traversent. Tu as envie de tuer quelqu'un. Ou d'être mort. Tu ne sais pas.

Tu ouvres la porte. Normalement, tu devrais la claquer bien fort, mais tu la laisses au contraire ouverte.

Et tu cours dans les escaliers.

chapitre 5

Dehors, tu respires enfin. Étais-tu à ce point en apnée ? Était-ce la peur ? Non, c'est vrai, tu ne connais pas la peur. Et ce qui vient la nuit, ce qui, encore parfois, mouille tes draps, te réveille souvent, glacé par la sueur froide qui recouvre ton large torse, c'est autre chose. Tu ne veux pas y penser. Pas plus que tu ne veux penser à ta mère, là-haut, pauvre petit machin affalé sur le lino du couloir.

Une fois dehors, il est facile d'évacuer tout ça. Tu sais comment faire. Quelques coups de fil.

Tu les retrouves place de la Fontaine.

Ils sont trois, plus âgés que toi. Déjà majeurs. Il y a un pack de bières entamé à leurs pieds. Tu arrives et ils t'offrent une bière. C'est bon d'être avec eux. Ils t'ouvrent à un autre monde. Plus dur, plus sec, mais drôle aussi. Tu aimes ça. Vous prenez le reste du pack et décidez d'aller zoner un peu. Dans une rue piétonne, vous branchez deux filles sur un banc. Tu es un peu en retrait, tu souris. Les filles sont belles, trop maquillées, peut-être, mais belles. Elles vous envoient chier. Alors les insultes fusent. Des deux côtés. Pauvres types. Sales connasses. Vous continuez votre chemin. Vous riez fort.

Arrivés au parc, vous croisez un autre groupe. Ils sont cinq, là encore plus âgés que toi. Tu en connais la plupart de vue. Tu n'as jamais eu de contact avec aucun d'eux. Tes nouveaux potes font les présentations. Les mains se serrent, les poings se heurtent, les épaules se rencontrent. Décidément, tu aimes ça. Tu te sens bien ici.

Des joints tournent. Tu tires du bout des lèvres. En général, ça ne te réussit pas. Ça te ramollit. Et puis surtout, ça réveille tes cauchemars. Alors tu repenses à l'argent que tu as dans la poche. Tu vas à la supérette, celle qui ferme à 21 heures. Tu en ressors avec deux packs. Tout le monde te trouve cool, te remercie. Mais bizarrement, par ce geste, tu te sens petit, gamin. Tu essaies de plaire ou quoi ?

Tu reprends une bière, allumes une cigarette. Et tu restes là, silencieux, à afficher ta tête de dur. Vous vous séparez du groupe et rentrez dans le parc. Il fait nuit mais le parc reste ouvert.

Il y a des bancs libres un peu partout mais tes potes et toi vous dirigez vers un banc où un jeune couple se pelote et se bécote. C'est rapide, deux mots et ils dégagent. Tu ne te sens pas très bien. Tes potes font tout. Tu observes en te marrant. Mais là encore, la sensation de ne pas être à ta place. De n'être qu'un gamin.

Tu sais que tu vaux bien mieux que ça. Tu aimerais pouvoir leur montrer. Tu cherches. Tu t'enfermes dans le silence, tu réfléchis. Mais rien ne vient. Et puis la solution passe devant tes yeux. C'est un type d'une vingtaine d'années. Looké *hipster*, grande barbe taillée, froc cintré taille basse, petit gilet. Il passe devant vous en fumant. Tu l'interpelles. Il ne tourne même pas la tête vers vous.

– Oh !

Ton cri l'a fait s'arrêter. Tu t'es levé d'un bond pour le rattraper. Tu veux une clope. Vite ! Le type dit « Désolé, il ne m'en reste pas beaucoup », puis il continue son chemin. Il a bien vu que tu étais bien plus jeune que lui. Mais toi, tu as aperçu cette lueur dans ses yeux. Il est à toi. Alors tu agrippes son épaule d'une main. Tu le forces à se retourner. Et avant qu'il ait le temps de faire quoi que ce soit, tu le gifles violemment. Tu pensais lui faire ton « Ba-Ba-Bam ! » dans le bide, mais c'est la gifle qui t'est venue. Sans réfléchir.

– Vas-y ! Tes clopes ! Donne tes clopes ! Magne !

Il sort ses cigarettes en bredouillant quelque chose que tu n'entends pas. Tu lui arraches le paquet des mains en lui gueulant de se barrer.

Quand tu reviens vers le banc, les trois autres n'en peuvent plus de se marrer. Vous vous tapez dans les mains. Quand tu allumes ta cigarette, ta main qui tient le briquet tremble légèrement. Tu t'en veux. Ce n'est pas le type qui t'a fait peur. C'est le regard des trois autres sur le banc.

Le pack de bières est vide. Tu proposes d'aller en chercher un autre. Mais tes potes, tes nouveaux potes ont tous des trucs à faire. Des rencards, du matos à aller chercher. Alors, après un dernier salut, vous vous séparez.

chapitre 6

Tu te retrouves seul. Les bières que tu as bues te sont montées à la tête. Tu ne sais pas quoi faire, tu n'as pas envie de rentrer chez toi. La solitude te pèse. Mais tu n'as personne chez qui aller. Les trois autres t'ont lâché sans prévenir. Tu aurais aimé rester là, avec eux, sur le banc. Vous étiez si bien. Pourquoi mettre fin aux choses agréables ? Il y en a si peu.

Tu te lèves et commences à marcher dans le parc. Tu ne sais pas ce que tu cherches. L'image de ta mère sur le lino du couloir revient sans prévenir. Tu serres les poings.

Tu es sorti du parc sans rien trouver à faire. De toute façon, quoi faire ?

Après avoir zoné dans les quelques rues piétonnes du centre, tu reprends sans l'avoir vraiment décidé le chemin de la maison. Tu traînes, tu empruntes le réseau des ruelles dans le quartier du port. C'est plus long mais un peu moins moche que le reste. Pour un peu, ça pourrait presque sentir l'aventure. Des ruelles pavées désertes, une lumière jaune qui éclaire de vieux enduits fatigués et des pierres ancestrales. Dans l'une des ruelles, la plus étroite, il n'y a que de longs murs aveugles. Au-dessus s'aventurent des arbres fruitiers aux feuilles mates et pointues. C'est calme et propre. Bien entretenu. Ça sent l'argent, la villa cossue. Tu aimes bien cette ruelle. Depuis que tu es tout petit, quand tu y venais avec ta mère. Tu pourrais passer par-dessus le mur et aller voir ce qui se passe de l'autre côté. Partir à la découverte d'un beau jardin, t'arrêter devant un bassin, quelque chose de joli. Coller ton nez aux fenêtres des villas. Mais seul, ce n'est pas drôle.

Tu continues ton chemin en regardant le bout de tes baskets sur les pavés. Bientôt, tu vas quitter la ruelle. Après, ce sera moins beau. Il y aura le port fluvial que tu vas longer un moment. Tu ne jetteras pas un coup d'œil aux bateaux amarrés. Ils sont moches. Et puis tu traverseras le pont, passeras de l'autre côté de la ville. Du côté où il y a moins de lumières et plus un seul arbre fruitier.

Mais pour l'heure tu marches dans la ruelle et les arbres se penchent par-dessus les murs pour te regarder. Tu ne devrais pas rêvasser comme ça.

Quand tu relèves la tête, il y a quelqu'un, là-bas. Tout au bout de la ruelle. Quelqu'un qui avance vers toi.

chapitre 7

Tu mets du temps à comprendre ce qui cloche chez ce type qui approche. Ses cheveux ? Le bonnet sur sa tête ? Tu crois un instant avoir affaire à un black. Et puis, soudain, tu comprends. Celui qui s'approche porte une cagoule noire.

Il est encore loin de toi. Et déjà, tu sens, tu sens quelque chose. Ce n'est pas tant la cagoule que la paire d'yeux à l'intérieur. Des yeux qui, de là-bas, te fixent. C'est peut-être la bière que tu as bue ? Tu es incapable de réagir. Le type cagoulé approche et ses yeux ne te quittent pas. Vous vous croisez et il insiste. Comme s'il voulait déchiffrer quelque chose sur ton visage. Comme si c'était toi qui portais la cagoule.

Il t'a dépassé. Tu entends ses pas qui s'éloignent. Que s'est-il passé au juste ? Tu ne sais pas. Rien, sans doute rien. L'herbe que tu as fumée tout à l'heure.

Tu continues ton chemin et quittes la ruelle.

Les mâts des premiers bateaux apparaissent. L'eau du port est noire, avec les boules jaunes des réverbères qui s'y reflètent. C'est un triste tableau. Tu n'as pas envie de finir la soirée comme ça.

Pourtant, plus tu marches et plus les choses deviennent ternes et tristes. Tu arrives au pied de ton immeuble. Tu lèves la tête. Les lumières de l'appartement sont éteintes. Pour finir, tu rentres. Tu snobes l'ascenseur et montes les quatre étages à pied et sans allumer les lumières. Ce sera ta dernière petite aventure de la soirée.

La porte de l'appartement est restée grande ouverte. Comme tu l'as laissée. Tu n'allumes aucune lumière quand tu rentres. Celles de l'extérieur suffisent. Dans la cuisine, tu aperçois le portefeuille de ta mère sur la table. Tu te diriges vers ta chambre. Bien sûr, ta mère n'est plus sur le lino du couloir. Tu es quand même soulagé et tu ouvres et refermes la porte de ta chambre sans bruit.

Tu t'allonges sur ton lit sans ôter tes vêtements. Demain tu n'iras pas au collège. Tu es viré une semaine. Tu ne sais pas ce que tu vas faire de tout ce temps.

chapitre 8

Dans ton rêve, il y a des rues qui n'existent pas. Et tes points de repère : parc, fontaine, bahut, port, rues piétonnes, immeuble ne sont plus à leur place.

Dans ton rêve, il fait nuit. D'abord, tu t'amuses. Tu es avec un groupe de gens, tes amis. Ces personnes, filles et garçons, sont supers et t'adorent. Ce sont les meilleurs amis du monde. Il y a là de sacrés déconneurs. L'ambiance est bonne, très bonne même. Marcher dans la rue avec eux est la chose la plus agréable du monde. Vous êtes une bande mais vous n'avez rien d'agressif. Pas même toi. Tu es détendu et tu rigoles. Tout le monde rigole. Il y a dans cette bande les gens les plus chouettes de la terre. Et tu es heureux d'être leur ami. À tous.

Vous marchez. Tu aimerais marcher comme ça toute ta vie durant. Ne jamais quitter ces gens.

C'est un policier qui vient tout gâcher.

Il court dans la rue derrière vous, vous rattrape et se plante devant le groupe, l'obligeant à s'arrêter. Vous n'avez pas le droit de marcher comme ça en bande. C'est interdit.

Tu es quasiment le seul à lui parler. Tu es volubile. Tu ne comprends pas. Après tout, vous ne faites absolument aucun mal et vous n'avez pas de mauvaises intentions. Vous voulez juste continuer à marcher comme ça. Mais le policier est intraitable.

– Vous n'avez qu'à aller place de la Fontaine si vous voulez. Là-bas, pas de problèmes.

Alors c'est entendu. Le groupe va se séparer ici et maintenant pour se retrouver à la place de la Fontaine.

Rien de plus simple. Vous vous séparez en petits groupes qui s'en vont alors que toi, tu restes seul. Tu ris. Tu as tellement hâte de les retrouver.

Tu allumes une cigarette. Tiens, c'est le paquet de clopes du *hipster* que tu as sorti de ta poche. Il est temps de rejoindre les autres, allez.

À partir de là, tout se complique. Tu empruntes des rues inconnues, sûr à chaque fois de trouver au bout la place de la Fontaine. Tu accélères le pas, t'énerves de tous ces contretemps. De toutes ces rues qui ne devraient pas être là. De ces rues que tu n'as jamais vues et qui ne devraient même pas exister.

Il te faut, pour finir, escalader des murs, passer de jardin en jardin, escalader d'autres murs encore. Tu n'as pas le choix. Si tu veux atteindre la place, tu n'as pas le choix. Alors tu cours, tu cours. Mais tu te sens de plus en plus pris au piège par tous ces murs qui t'entourent. Par dépit, tu ouvres une petite fenêtre dans un mur de jardin. Et derrière, il y a la place. Alors tu t'engouffres. Mais la fenêtre est étroite, tes hanches sont coincées. Tu tires, tu tires, tu donnes tout ce que tu as. Tu cries. Encore un effort. Ça y est, ton corps s'est extrait de la fenêtre. Tu te ramasses par terre. La fenêtre ne semblait pourtant pas si haute que ça. Tu te relèves et devant toi, il y a la place de la Fontaine. Tu cours. Tu es arrivé, mais quelque chose t'empêche d'être satisfait. La place est immense. Bien plus que dans ton souvenir. Et puis surtout, il n'y a personne. Tu es seul devant la fontaine. Où sont tes amis ?

Disparus. Perdus à jamais.

Tu ferais mieux de rentrer chez toi. Il faut que tu rentres chez toi. Alors, qu'attends-tu ? Pourquoi restes-tu immobile ? Et quelle est cette chose que tu regardes, là-bas, tout au bout de la place ? Tu ne sais pas, tu n'arrives pas à voir. C'est étrange, tout est flou autour de toi. On ne distingue pas bien. Mais il y a quelque chose quand même, que tu devines là-bas. Quelque chose qui approche. Quelque chose qui change l'atmosphère, qui trouble l'air comme une chaleur estivale au-dessus de l'asphalte.

Tu te mets enfin à courir mais tu es si lent ! Tes jambes n'arrivent pas à t'obéir tout à fait. Elles ne se rappellent même plus ce que marcher veut dire. Pourtant, il faut que tu te dépêches si tu veux avoir une chance d'échapper à ce qui te poursuit. Car c'est bien de ça qu'il s'agit. Quelqu'un te poursuit.

Regarde-toi ! Tu cours comme si tu pesais le triple de ton poids. Tu es pitoyable. Mais cours, bon sang ! Qu'attends-tu ? Que cette chose te rattrape ? Qu'elle fonde sur toi ?

Tu as quitté la place et tu avances désormais dans des rues de plus en plus sombres. Ce qui te poursuit est si grand, si immense que cela bouche le ciel derrière toi.

C'est une ombre. Tu le sais sans te retourner. Une ombre énorme et en colère. Contre toi. Tu continues de courir trop lentement. Tu ne sais plus comment faire pour mobiliser toute cette réserve d'énergie qui est en toi. Tu as perdu le chemin. Toute ta belle force.

La chose est derrière toi à présent. Tu la sens. Elle se moque de toi. Elle se joue de toi comme le chat de la souris. Mais cette fois, tu cours, ça y est, enfin ! Tu t'es libéré et tu fonces droit devant toi. Tu as une chance, tu vas vivre, peut-être. Tu cours de plus en plus vite, comme jamais personne n'a couru. Regarde ! Tu dépasses même les voitures dans la rue, et quand tu tournes pour prendre à droite ou à gauche, ton corps se penche comme une moto négociant un virage. Tu ignorais que tu pouvais courir si vite. Quand les autres vont savoir ça ! À présent, tu ne cours plus pour fuir, mais pour le plaisir, tout à ta joie d'être le propriétaire d'une telle mécanique. C'est alors que tu sens quelque chose dans ton cou, quelque chose de tiède et d'humide, un souffle. Tu tournes légèrement la tête derrière toi et sans que tu aies besoin de voir, tu comprends que la chose ne t'a pas lâché, ne t'a pas quitté une seconde. Elle est là, juste dans ton dos et sa gueule immense sourit méchamment. Elle se moque et se réjouit du tour qu'elle vient de te faire. Et la peur horrible revient alors, démultipliée, atroce. Tu n'as jamais eu aussi peur de toute ta vie. Et tu sais désormais qu'il aurait mieux valu qu'elle t'attrape tout à l'heure, alors que tes jambes refusaient d'obéir. Enfin, comme il faut bien en finir d'une façon ou d'une autre, la chose fond sur toi et t'avale.

chapitre 9

Tu te réveilles en sueur et allumes la lampe de chevet. Tu portes encore tes vêtements. Tu es trempé et ton cœur cogne. Il faut te lever et te déshabiller. Mais pour le moment, tu restes allongé, à te remettre de ton cauchemar. Tes yeux sont fixés sur le mur en face de ton lit, à l'endroit où, il y a quelques semaines, ton poing est venu défoncer le placo. Tu es réveillé mais pas rassuré pour autant. Cela fait des mois que ces cauchemars ont commencé. Des mois qu'ils te sautent dessus lorsque tu t'endors.

Ils suivent toujours le même scénario et se terminent invariablement de la même façon. Tu ne comprends pas. Toi qui n'as peur de rien et ne crains personne. Pourquoi faut-il que quelqu'un, ou quelque chose, fasse sa loi dans tes rêves ? Tu aimerais tellement vaincre cette chose qui te pourchasse. La broyer de tes mains.

Mais cette peur est réelle. Tu essaies de réfléchir à tout ça, mais pas trop. Tu sens le danger.

Tu te lèves et te déshabilles. Tu te retrouves nu sur ton lit, avec le paquet de cigarettes du *hipster* dans les mains. Tu allumes une cigarette et observes ton corps. Tu es grand. Tu es fort. Tu aimes ce corps qui t'obéit à merveille. Ce corps qui te permet d'avoir le dessus. Tu as poussé d'un coup. Il y a moins d'un an et demi. Autour de toi, les autres aussi ont grandi sans prévenir, mais ils se sont pour la plupart retrouvés dans de grands corps élancés et mal fichus, alors que toi, tu as eu ce cadeau. Un corps parfait, dont tu fais ce que tu veux. Quand tu penses à ta mère, cette petite boule…

Tu tiens de lui, forcément. Mais tu ne veux pas y penser. Tu te l'interdis. Y penser contrarie l'idée que tu te fais de toi.

Quelqu'un de fort. Qui n'a peur de rien.

Alors tu te grilles une dernière cigarette et essaies de te rendormir.

chapitre 10

Les bruits de l'immeuble font partie de toi depuis toujours. Tu n'y fais plus attention. Tu les enregistres sans le savoir. Ils sont réconfortants et te tiennent chaud, comme une couverture.

Il y a, pour commencer, les bruits de canalisations, lointains et réconfortants. Des robinets s'ouvrent, d'autres se ferment. On tire des chasses d'eau. L'impression de faire partie d'un tout. Une machine, une ville au rythme immuable. Des portes s'ouvrent, d'autres se ferment. Portes de chambre et de cuisine, portes d'entrée, portes sécurisées qui claquent lourdement dans leur cadre de métal. Les chambranles se mettent à trembler. Les vibrations arrivent jusqu'à toi sans te faire ciller. Les câbles de l'ascenseur, appelé par les plus matinaux de tes voisins, se tendent. Les poulies tournent. L'ascenseur s'arrête dans un bruit, toujours le même. Les portes s'ouvrent en grinçant. Le voisin du dessus traîne une chaise sur le sol de sa cuisine. Parfois tu l'entends tousser. Il fume dès le matin et sa première cigarette déclenche toujours les mêmes crises. Ensuite viennent les cris des gamins. Pas discrets. Tu entends leur mère qui crie pour les lever. Bientôt la télé va s'allumer et tu entendras, lointains, les bruits des dessins animés que les gosses regardent en avalant leur bol de céréales.

Et puis, alors que tu t'apprêtes à replonger dans le sommeil, le bruit du verrou de la salle de bains que l'on tire. Ta mère vient de se lever. Tu entends l'eau qui coule, les bruits de flacons que l'on pose sur la céramique. Et alors que tu n'as pas cours, alors que tu pourrais rester au lit jusqu'à midi, impossible de te rendormir. Tu suis ta mère pas à pas, guidé par les sons qu'elle provoque. Les toilettes, la théière qu'elle pose sur le feu, le pain qu'elle coupe, la porte du lave-vaisselle qu'elle ouvre pour y déposer son mug, le retour à la salle de bains pour se maquiller.

Ce n'est que lorsque la porte d'entrée se ferme et que tu entends ses pas qui s'éloignent dans le couloir que tu te rends compte à quel point tu as été tendu tout ce temps.

Tu fais une dernière tentative pour te rendormir. La tête sous la couette. Mais c'est fichu.

Plus tard, tu éteins la télévision. Tu t'ennuies. Tu ne sais même pas de quoi tu pourrais avoir envie. Être au bahut ? Certainement pas. Tu te décides à sortir vers 11 heures. Il te reste de l'argent. Après tout, la ville t'appartient. Tu es libre.

Va donc t'offrir un kebab dans le centre.

chapitre 11

L'air sent le printemps. Même dans ton quartier. Tu te rapproches du centre et tu te sens bizarre. À cette heure, tu devrais être en cours d'anglais, avec les autres. Des regrets ? Non, toujours pas. Tu commandes un kebab et, pour la première fois, tu rentres à l'intérieur pour manger. Tu manges vite. Trop vite. Tu sors du kebab vers midi. Tu n'as aucune idée de ce que tu vas faire de tout ce temps qui te reste. Où aller ? Tu marches dans le centre-ville, passes par les rues piétonnes, les halles, traverses une galerie marchande où tu essaies de traîner un peu. Mais le cœur n'y est pas. Il ne se passe rien. Tu continues. En traversant le petit parc du centre-ville, tu aperçois trois garçons de ta classe. Ce sont des externes, comme toi. Ils marchent en discutant. L'un d'eux fait de grands gestes. Il raconte quelque chose aux deux autres. Ça a l'air drôle. Tu te caches derrière le tronc d'un séquoia. Tu n'as aucune envie de les croiser. Pas envie que l'on te voie comme ça, seul, désœuvré.

L'après-midi passe lentement. C'est horrible. Il n'y a rien à foutre nulle part. Tes semblables sont en classe.

Enfermés. Toi seul es libre. Alors, pourquoi cette impression de n'avoir aucun choix revient-elle, lancinante ? Tu erres comme ça jusqu'à l'heure de la sortie. Tu as essayé de lutter mais rien à faire, à 16 h 15 tu es déjà devant les grilles du bahut. Tu attends. Il y a là plusieurs parents qui attendent aussi. Tu vois les bus scolaires arriver. Ils se garent, la sonnerie retentit. Tu n'attends personne en particulier. Qui pourrais-tu attendre ? Avec qui pourrais-tu aller faire un tour ? Chez lequel de tes camarades pourrais-tu aller traîner ?

Les premiers élèves sortent. Ça rigole et ça se bouscule. Comme d'habitude. Les premiers à t'apercevoir ont un léger temps d'arrêt. Quoi ? Ils pensent que tu es là pour t'en prendre à l'un d'eux ? En choisir un, encore, au hasard ?

Même pas. Tu n'y penses même pas.

Celui que tu as secoué hier après-midi finit par sortir lui aussi. Vos regards se croisent. Il s'arrête. Mais tu ne t'intéresses plus à lui. Tu détournes la tête un instant. En deux secondes l'autre disparaît.

Ce n'était pas une bonne idée. Tu n'aurais pas dû venir ici. Personne n'a envie de te voir.

Tu files sans te retourner en prenant le chemin qui passe derrière le bahut, le chemin qui va vers le parking des profs et les terrains de sport.

chapitre 12

Peut-être est-ce le hasard ? Peut-être est-ce pour cela que tu es venu au bahut ? Tu n'as pourtant rien prémédité. Tu ne sais pas.

Tu ne sauras jamais.

Tu longes les murs sans jeter de coup d'œil de l'autre côté du grillage. Tu marches droit devant toi. Fâché, encore une fois fâché. Tu sens que ça monte. Rien à faire, ça monte.

– Blaise ?

Tu te retournes. Ton prof de français est là, un ridicule cartable en cuir noir à la main. De l'autre, il tient ouvert un petit portillon métallique vert. Et le voilà qui commence à te fixer comme il le fait à chaque fois. Son sale regard. Tu le détailles de la tête aux pieds, ses cheveux aux boucles noires, sa veste beige, son pull miteux, son pantalon bien sage avec des pinces de chaque côté. Puis tu reviens à ses yeux toujours plantés sur toi.

Tu te sens coincé, acculé. Alors tu arrêtes de réfléchir. Ton prof est tellement surpris qu'il ne dit pas un mot, ne fait pas un geste lorsque tu fonces sur lui. Tu le saisis à l'encolure, tu le secoues deux ou trois fois, puis tu l'attires un peu vers toi avant de l'envoyer contre le grillage. Le grillage fait un bruit terrible. Le dos de ton prof encaisse tandis que sa tête rebondit. Tu recommences plusieurs fois. Tu cognes ton prof de français contre le grillage qui crie de tous ses fils de fer malmenés. Ton visage se rapproche du sien. Tu dois avoir une tête terrible. Ton prof n'a toujours pas dit un mot. Tétanisé, il ne peut que te regarder de ses yeux grands ouverts, sans aucune réaction.

– Alors ? dis-tu. T'as quoi, bâtard ? Ici, je fais ce que je veux. T'entends ? T'as rien à dire. Si je veux, je te défonce. Compris ? T'as compris ?

Tu as parlé vite, trop vite. En postillonnant.

Tu rapproches un peu plus tes poings l'un de l'autre, tes poings qui tiennent toujours fermement l'encolure de sa veste. Tu pourrais le tuer. Oui, tu pourrais serrer comme ça jusqu'à ce qu'il s'écroule, mort. Et lui qui ne peut s'empêcher de planter ses yeux dans les tiens.

En criant, tu le balances une dernière fois dans le grillage. Enfin, tu pars sans te retourner.

Tu marches vite. De toute ta vie tu n'as marché aussi vite.

chapitre 13

Dans ta chambre. C'est encore là que tu te sens le mieux. Tu restes là, sur ton lit. Tu attends deux bonnes heures. Peut-être les flics vont-ils venir ? Tu attends, tu es à l'écoute de l'immeuble et malgré toi, chaque fois que tu entends la machinerie de l'ascenseur qui se met en branle, ton cœur se serre. Tu attends mais pour finir c'est ta mère qui arrive. Elle vient de rentrer du boulot. Tu ne sors pas de ta chambre. À quoi bon, d'ici tu devines tout. Il te suffit de l'entendre jeter son trousseau de clefs sur la table, poser son manteau sur une chaise. Elle ouvre la fenêtre de la cuisine, allume la radio. Bientôt elle fera couler de l'eau dans l'évier pour faire la cuisine.

Mais au lieu de ça tu entends ses pas dans le couloir. Elle frappe et ouvre la porte de ta chambre. Tu es allongé sur ton lit, un bras passé sous ta tête.

– Blaise, il faut qu'on parle.

Sa voix est faible, fatiguée.

– J'ai pas envie de parler.

– Je ne te demande pas si tu as envie. Viens, on va aller dans le salon.

Tu es coincé, tu ne peux pas t'échapper par la fenêtre. Alors tu dis :

– J'arrive.

Tu te lèves et ta mère sort de ta chambre, se dirige vers le salon.

Tu la suis, mais dans le couloir, tu prends au passage ton sweat accroché au portemanteau, ensuite, tu ouvres la porte d'entrée et tu dévales les escaliers de ton immeuble. Tu cours tellement vite que tu n'entends même pas ta mère qui, sur le palier, t'appelle par ton prénom.

Une fois dehors, tu continues de courir. Tu traverses plusieurs pâtés de maisons puis, rassuré, te mets à marcher. Tu respires à fond. Ton téléphone sonne dans ta poche. Tu le mets sur mode « silencieux ». Tu as besoin de liberté, pas de discussions avec ta mère.

Tu composes le numéro de Mike. Bientôt tu ne seras plus seul.

chapitre 14

Tu as accepté le premier joint, puis tous ceux qui ont suivi. Vous vous êtes retrouvés dans le studio de Mike. Mike ne travaille pas demain. Des bières ont été achetées. Vous êtes cinq dans le petit appartement, assis sur des chaises ou sur le clic-clac. Tu as décidé de fumer ce soir. Et tu ne regrettes pas. Tu es léger, détendu. Tu ne penses plus à ta journée. Tu ris. Vous riez tous. Vous vous racontez encore et encore le coup du *hipster* dans le parc hier soir. Et vous riez.

Tu te sens vraiment bien, presque comme dans ton rêve de la nuit dernière. Avec tous ces amis. Encore quelques bières et c'est parfait. Vient le moment de partir. Il est minuit et demi. Vous faites les cons dans l'escalier de l'immeuble de Mike. Dans la rue, tu marches quelques instants accompagné, tu renverses plusieurs poubelles en criant, puis enfin arrive l'heure où il faut se séparer.

Quand tu te retrouves seul, tu mesures à quel point tu es défoncé. Les lampadaires brillent plus que d'habitude. Tu te surprends à rire tout seul. Tu cherches tes cigarettes dans ta veste. Il te faut plusieurs minutes pour trouver le paquet, ton briquet, allumer la cigarette.

Tu prends les ruelles du quartier du port, tout excité. Tout est si calme. Tu te sens bien. L'impression d'être dans le décor d'un film. Mon Dieu, que tu te sens bien. Tu es heureux. C'est ça le bonheur. Dans l'une des ruelles, il y a un jeune chat. Il se tient sur le palier d'une maison aux fenêtres éteintes. Tu t'accroupis et le chat part se cacher derrière une poubelle. Tu l'appelles doucement et il vient vers toi en miaulant, la queue dressée. Tu restes là cinq bonnes minutes à caresser le chat qui se frotte contre toi, sa queue fine s'enroulant autour de ton poignet comme un serpent.

Tu te redresses en souriant et te retournes.

Le type d'hier soir, le type avec la cagoule, est juste devant toi.

Tu as un mouvement de recul. Un cri bref sort de ta bouche. Tu as eu peur.

Tu sens un grand vide, un vide immense. Le type fait un pas vers toi et te croise en te donnant un coup d'épaule. Comme avec ton prof tout à l'heure, tu te sens acculé. Au bord de l'implosion. Alors, pour reprendre le contrôle, pour ne pas hurler, pour réussir à reprendre ton souffle, encore une fois, tu fonces.

Tu ne sais plus ce que tu dis, sans doute les phrases classiques que l'on dit dans ces cas-là.

– Quoi ? T'as un problème ?

Des phrases comme ça. Rien de très glorieux.

Mais comme tu n'aimes pas ta voix ce soir ! Ce n'est pas la grosse voix qui sort d'habitude de ta bouche, mais une voix plus sèche, haut perchée, tendue. Tais-toi, balance-lui ton « Ba-Ba-Bam ! » dans le bide, ou mieux, dans la tête. Fais-le saigner !

Il est là, devant toi, les bras le long du corps. Et il se contente de te regarder. Comme hier soir.

Tu ne sais pas pourquoi, mais tu hésites, une seconde, peut-être deux. Et c'est trop tard. Tu ne comprends pas mais tu sais que c'est foutu. Tu ne vas pas pouvoir cogner. Et tu gardes tout ton stress en toi tandis qu'il continue de te regarder.

Enfin, il te tourne le dos et poursuit son chemin. Entre tes dents serrées, tu arrives à lâcher :

– T'es pas bien, toi !

Tu l'observes qui s'éloigne. Il est plus petit que toi, mais ses épaules sont larges. Il ne se retourne pas une seule fois tandis que tu restes là, à le regarder marcher tranquillement. Quand il disparaît au bout de la ruelle, tu reprends ta respiration, enfin. Ton cœur cogne à grands coups. Non, ce n'est pas de la peur. Encore une fois tu as fumé trop d'herbe. Tu reprends lentement ton chemin, tes jambes sont lourdes. Autour de toi, le charme s'est brisé et les ruelles que tu traverses sont désormais baignées d'une lumière jaune écœurante. Tu souhaiterais qu'il fasse jour. Que tout redevienne normal.

Tu rentres dans l'appartement en silence. Dans la salle de bains, tu regardes ton visage dans le miroir. Tu as les traits tirés. Ta gorge est sèche. Tu ouvres le robinet et bois à t'en faire mal au ventre. Tu te glisses dans ta chambre, te mets au lit et allumes une cigarette.

Si tu veux rester fort et garder le contrôle, tu dois arrêter de fumer cette herbe qui te ramollit. Tu as pris ta décision. C'est fini.

Tu essaies de chasser de ton esprit la rencontre avec le type à la cagoule en te plongeant dans un vieux manga qui traîne sur le sol de ta chambre. Rien à faire, les images reviennent sans que tu n'y puisses rien. Qui est-il ? Pourquoi l'as-tu croisé à deux reprises ? Le hasard ? Oui, le hasard peut faire ça. Le hasard peut tout faire.

Pendant un moment, tu te dis qu'il s'agit peut-être d'un grand frère. Le frère d'un type du collège que tu aurais défoncé. Rappelle-toi, il y a deux mois, c'est déjà arrivé. Ce mec qui t'attendait à la sortie du bahut. Rappelle-toi comment tu t'es occupé de lui.

Non, tout ça, c'est à cause de l'herbe. Ça te rend parano. Il s'agit sûrement d'un graffeur. Les graffeurs se cachent souvent derrière des cagoules. Les graffeurs sortent la nuit. Ils traînent dans les ruelles pour faire leurs pochoirs, poser leur signature ou écrire des slogans sur les murs.

C'est ça. Calme-toi. Éteins la lumière. Voilà.

Dors.

chapitre 15

Dans ton rêve, c'est la guerre. Quelqu'un s'approche de toi et te dit : « C'est la guerre ! » Tu ris très fort, puis tu continues ton chemin. En fait, rien ne semble avoir changé. Toi en tout cas, tu n'as pas l'intention de changer quoi que ce soit. Tu as rendez-vous chez Mike. C'est la seule chose qui compte. Vous allez vous prendre une cuite. C'est lui qui t'a appelé pour te proposer ça et l'idée t'a tout de suite plu. Une cuite.

Tu traverses les rues piétonnes. En passant, tu as l'idée de t'arrêter prendre deux kebabs. Le vendeur te vend deux kebabs énormes qu'il fourre dans un sac à pain. Ils sont vraiment énormes. Les pains sont gigantesques, la viande et les frites débordent. Tu n'as jamais vu ça.

– On liquide le stock, te dit le vendeur de kebabs. Il faut partir en vitesse.

Tu reprends ta route, heureux. C'est Mike qui va être content. Des kebabs comme ça, c'est du jamais vu. Dans la rue, des gens courent partout. Il y a des mouvements de foule, des cris. Tu marches à contresens de tous ces gens. Tu te retrouves dans le parc. Tu dois le traverser pour aller chez Mike. C'est un raccourci. Mike n'habite pas du tout de ce côté, mais, dans ton rêve, c'est comme ça. Il faut traverser le parc pour aller chez Mike. Le parc est désert. Il n'est pas grand, traverse-le et tu seras tout de suite chez ton pote.

Le seul problème, c'est la peur. Le parc te fait peur.

Au début, tu essaies de marcher. Tu te retiens de partir en courant. Ce serait puéril et ridicule. Alors tu marches, tranquille, tu te forces à prendre ton temps. Mais à l'intérieur de toi, tu hurles. Tu hurles comme un gosse enfermé dans un placard. Tu sens bien que ça se rapproche et que ça va encore une fois essayer de te bouffer. Tu descends des escaliers. Tu trottes puis, n'en pouvant plus, tu te mets à sauter comme un fou dans les escaliers pourtant dangereusement raides. Tu atterris une dizaine de mètres plus bas. Sitôt que tu te remets debout, tu pars en courant comme un fou. Tu n'es même pas certain de pouvoir retenir les hurlements qui se pressent dans ta bouche.

Tu cours, tu cours, mais de toute façon, tu sais bien que ça ne sert à rien. Tu vas encore une fois te faire attraper, encore une fois te faire écraser par cette chose énorme et belliqueuse, ce monstre à la gueule béante que tu n'as jamais vu mais dont tu sais pourtant que ce qu'il a de pire à montrer, ce ne sont ni ses griffes énormes, ni sa peau pourrie, ni ses yeux morts, mais bien son sourire, son horrible sourire, que tu as déjà vu une fois, sur une photo que ta mère garde cachée dans sa chambre.

Derrière toi, les arbres bougent, les buissons frémissent. Cours aussi vite que tu peux. Tu ne sortiras pas de ce parc vivant. C'est une certitude.

La terre tremble désormais. C'est la chose derrière toi. La guerre. Elle est toute proche, tu sens encore une fois son souffle sur ta nuque. Ferme les yeux pour ne pas voir, cours aussi vite que tu peux, donne tout ce que tu as.

Tu es ridicule.

Tu te réveilles en criant. Non, peut-être pas. Peut-être as-tu crié dans ton rêve ? Ou bien as-tu ramené ton cri jusqu'ici, dans ta chambre baignée de lumière ? Tu ne sais pas. Tu es perdu.

Tes draps sont mouillés et la sueur qui te recouvre n'y est pour rien cette fois-ci.

Tu regardes l'heure à ton réveil. Ta mère est partie depuis longtemps. Tu peux te lever.

La douche que tu prends te nettoie sans t'apporter le moindre réconfort.

Au Lavomatique, tu n'es pas à l'aise. Heureusement, il n'y a là qu'une petite vieille qui ne fait pas attention à toi. Tu remontes chez toi avec des draps propres et secs.

Tu n'arrives même pas à déjeuner. Rien ne passe. L'air ? Tout juste. Ça ne peut plus durer. Tu sais ce que tu dois faire, tu le sais depuis longtemps. Mais tu n'en as pas envie. Tu n'arrives pas encore à admettre que cela te fait peur. T'effraie même.

Aller chez Fred.

chapitre 16

Fred habite à l'autre bout de la ville. Tu prends le bus. Au terminus, il te faut descendre et marcher encore longtemps. Tu n'es pas venu par ici depuis des années. La dernière fois, tu donnais encore la main à ta mère. Tu aimais bien aller chez Fred. Il était toujours gentil et il y avait ce petit chien avec lequel tu passais tout ton temps à jouer, tandis que Fred et ta mère discutaient dans la cuisine en buvant des cafés et en fumant des cigarettes.

Tu as cru le chemin imprimé en toi à jamais. Pourtant, plusieurs fois, tu hésites. Est-ce si loin du terminus ? Les rues étaient-elles si tristes à l'époque ? Quand tu trouves la rue, tu hésites entre deux maisons collées côte à côte. Elles sont identiques mais ne ressemblent pas tout à fait à la maison de tes souvenirs. Celle de gauche est plus défraîchie. La peinture des volets est écaillée. C'est à cette maison que tu sonnes.

Ça te fait un choc, forcément.

Il n'a fait qu'entrouvrir sa porte. Il te regarde de deux yeux froids d'où partent une multitude de rides profondément installées. Tu le dépasses d'une bonne tête et ça te fait bizarre. Tu étais si petit quand tu venais.

– Oui ?

Tu pourrais faire demi-tour, prétexter une erreur. Mais tu as vu dans ses yeux, au-delà de la méfiance, tu as vu qu'il a reconnu quelque chose en toi. Si tu pars maintenant, il va t'appeler, te demander qui tu es. Pourtant, il n'a pas pu te reconnaître. Tu étais si petit !

– Je suis Blaise, le fils d'Eliane.

D'abord, il ne se passe rien.

Puis la porte s'ouvre en grand et Fred te regarde de la tête aux pieds.

– Rentre, dit-il en s'effaçant pour te laisser passer.

Tu le suis dans un couloir étroit. Il ouvre une porte et après avoir descendu deux marches, vous pénétrez dans un petit séjour en bordel. La table est couverte de vieux journaux et de magazines aux feuilles jaunies. Il y a un grand cahier à spirales ouvert, une paire de ciseaux, de la colle. À côté, une bouteille de vin bon marché entamée et un verre avec un fond. Fred enlève de la table un cendrier en métal rempli de mégots.

Il te demande si tu veux quelque chose. Un café ? Une bière ?

Non, merci, ça va.

Ta gorge est sèche pourtant. Tu devrais demander un verre d'eau.

Vous prenez place sur des chaises dépareillées, chacun d'un côté de la table. Tu n'aurais pas dû venir. Parce que tu sens que tu vas manquer de courage.

Fred se penche sur la table et attrape son verre de vin. Il boit, repose son verre. Tu te sens de plus en plus mal.

– Je me rappelle, il y avait un petit chien, dis-tu en regardant autour de toi.

– Kropotkine, dit Fred. Il est mort l'année dernière, à dix-sept ans.

– Ah ?

Tu as perdu l'habitude de parler. Tu ne sais plus. En dehors de tes potes, quand tu as bu et fumé un peu, tu ne sais plus parler. Tu aurais bien aimé que le petit chien soit là. Tu te serais baissé pour le caresser, oublier pourquoi tu es venu ici. Juste un instant.

– Ta mère ? demande Fred en se roulant une cigarette.

– Oui, ça va, mens-tu.

– Tu veux quoi, Blaise ? Que je te donne des nouvelles de lui ? J'en ai pas. Pas des fraîches en tout cas.

Fred est large d'épaules mais petit. Bien plus petit que toi. Il a de grosses mains aux doigts courts. En cas de combat, il ne faudrait pas que tu tombes entre ces mains-là. Parce qu'il est plus fort que toi. Tu l'as deviné tout de suite. Il n'a pas peur, ni de toi ni de poser des questions.

Tandis que toi…

L'air ne parvient plus jusqu'à tes poumons. Tu es rempli d'angoisse. Elle a pris toute la place. Tu ouvres la bouche mais rien ne sort. Tu n'essaies même pas de parler. D'ailleurs, tu n'as rien à dire.

chapitre 17

Dans le bus qui te ramène chez toi, tu te repasses cette petite heure que tu viens de passer avec Fred. Tu essaies de te rappeler tous les mots.

Il a dit que tu lui ressemblais. Son portrait craché.

Fred t'a demandé si tu l'avais déjà rencontré.

– Non, jamais.

Il t'a demandé ce que ta mère t'avait dit à son sujet.

– Rien. Pas un mot.

– Comment ça « pas un mot » ? Elle t'a bien parlé de lui, non ?

– Non, jamais.

– Elle ne veut pas t'en parler ?

– Non, c'est pas ça.

– Alors quoi ? Il est où le problème ?

Tu as eu envie de lui dire qu'il était là, le problème, juste devant lui. Que c'était toi, le problème. Que les mots, tu n'arrivais pas à les sortir. Qu'ils restent coincés tout au fond de ta gorge quand tu te retrouves devant elle. Que c'est la seule chose au monde qui te fait peur.

Mais devant Fred non plus, les mots ne sortent pas. Les questions restent au fond de ta gorge. Avec les autres. Alors, comme s'il avait compris, il se met à te parler de cet homme à qui tu ressembles tant. Tellement que, à te voir comme ça devant lui, ça lui fait bizarre. Comme si Fred était le seul des deux à avoir vieilli. Il te raconte quel genre d'homme il était, les aventures qu'ils ont vécues ensemble. Il parle de quatre cents coups. De rébellion. De conneries, d'abord petites, puis de plus en plus grosses.

Puis il te parle de la prison.

Ça non plus tu ne savais pas.

Tu ne sais rien. Tu découvres.

Fred ne s'étend pas sur le sujet. En remplissant son verre, il parle de gâchis, il parle de la vie qui file comme le sable d'un sac percé. Puis il balaie tout ça d'un geste de la main.

Ses rides s'animent autour de ses yeux. Il sourit et te raconte deux ou trois souvenirs, encore. Des aventures. Oui, un sacré loustic. Et balèze avec ça. Moins grand que toi mais balèze. Indémontable. Un bloc, toujours debout, quoi qu'il arrive. En toutes circonstances.

Il y a une question, quand même, que tu parviens à poser. C'est horriblement dur. Tu préférerais avoir à t'entailler profondément la cuisse avec la lame d'un cutter. Tu tournes autour du pot, sans rien dire. Puis, quand même, ça sort. Tu ne veux plus te rappeler de quelle façon ça sort. Le principal, c'est que ça sorte.

– Il est où ?

Fred te regarde. Ses rides ont repris leur place. Il fait à nouveau son âge. Comme lorsqu'il t'a ouvert la porte tout à l'heure.

– Je t'ai dit, te répond-il, je n'ai pas de nouvelles fraîches. On s'est brouillés, il y a longtemps déjà. À propos de ta mère. De ta mère, et aussi de toi. J'étais pas d'accord.

Je n'ai plus de nouvelles directes. On ne se voit plus.

Mais je sais qu'en ce moment, il est là.

Dans le coin.

Sur la banquette du bus qui te ramène chez toi, tu fermes les poings. Tu serres autant que tu peux. Tu essaies d'éviter d'avoir à te pencher sur tes émotions. Ce n'est pas facile.

chapitre 18

Rien ne te résiste à part le béton des tours et les questions que tu n'oses poser à ta mère.

À quoi te sert ta force si tu n'oses pas poser de questions à cette petite femme ?

Tu rentres par le parc après avoir traîné en ville. Tu as appelé tes amis mais aucun n'a décroché. Tu marches entouré d'arbres qui bourgeonnent, de feuilles qui se déploient. Des oiseaux pépient, des insectes s'attardent dans les rayons du soleil de mai. Mais le printemps ne peut pas t'atteindre. Tu ne lèves même pas la tête.

Tu ne sais pas encore ce que tu vas faire. Les phrases de Fred font des allers-retours à l'intérieur de toi. « Il est là, dans le coin. Toujours debout, quoi qu'il arrive. Un bloc. »

Tu ne veux pas rentrer chez toi. Parce que tu as peur de ce qui t'y attend. Même si toi aussi, crois-tu, tu es un bloc. Balèze et indémontable. Le printemps ne t'atteint pas mais c'est peut-être lui, malgré tout, qui te fait traîner ici. Dans ce parc où, en cette fin d'après-midi, les gens s'attardent.

Un ballon arrive dans tes jambes, tu le renvoies d'un coup de pied sur le côté. Quand tu relèves la tête, il y a ta mère, là-bas, assise sur un banc. Ta mère qui discute avec un homme.

Tu es paralysé, le souffle coupé, les jambes que plus aucun muscle ne retient. Tu fais demi-tour et commences à marcher. Comme dans ton rêve, tout vient de changer. La lumière, les bruits qui t'entourent. Tu fais quelques mètres dans l'allée puis tu bifurques et te caches derrière l'un des larges platanes qui bordent l'allée.

Tu as posé le dos contre le tronc. À l'écoute des battements de ton cœur.

Quand tu oses enfin jeter un coup d'œil là-bas, vers le banc, tu vois ta mère et l'homme. Ils sont à l'intérieur de l'aire de jeux délimitée par une minuscule clôture métallique. D'ici, ils ressemblent aux autres parents. Juste un peu plus âgés, peut-être. Leur enfant doit être en train de jouer avec les autres et ils profitent de ce moment de calme pour discuter.

Alors, tu te surprends à te chercher sur les balançoires, en haut des toboggans, au milieu des structures de cordes. Tu cherches l'enfant aux si jolies boucles que tu étais il y a encore dix, onze ans. Mais très vite ton regard revient vers le couple. Ta mère est de face, tandis que l'homme te tourne le dos. Tes yeux n'arrivent plus à se détacher de ce dos, de ces larges épaules.

« Un bloc. »

Tu aimerais qu'il se tourne vers toi, si seulement il pouvait tourner la tête.

Mais l'homme ne bouge pas. Tu es loin, mais même d'ici, tu peux voir que ta mère a les traits tirés. Tu ne peux pas approcher sans te découvrir. Reste à ton poste. On ne sait jamais. Ils ne vont pas rester là éternellement. D'ailleurs, regarde.

L'homme pose une main sur le bras de ta mère. Elle baisse la tête. Enfin, il se lève et part. Tu n'as rien vu de son visage. Juste une masse de cheveux sombres. Maintenant, ta mère s'essuie rapidement un œil d'un revers de manche. Elle attend encore un peu puis se lève à son tour.

Quand elle pousse la petite grille du parc, tu fonces.

Il faut que tu le retrouves. Il le faut, car ta vie en dépend.

Tu traverses la moitié du parc en courant. Il a pu prendre les sorties latérales. Tu paniques. Que dois-tu faire ? Sortir ? Continuer ?

Tu continues. Bientôt tu auras fait le tour du parc en courant.

Tu le rattrapes un peu avant l'entrée principale. Il est là, à une cinquantaine de mètres devant toi. Tu ne vas plus le lâcher.

Soudain, la peur de le voir monter dans une voiture te saute à la gorge. Mais il continue à pied, traverse l'avenue et s'engouffre dans une petite rue.

Tu le suis.

chapitre 19

Tu ne sais pas comment c'est arrivé. Mais c'est arrivé.

Tu l'as perdu.

Tu l'as suivi pendant près de vingt minutes. Il a tourné à un carrefour, en plein centre, non loin du quartier du port. Le temps que tu arrives à l'intersection, il avait disparu.

Tu restes là une bonne demi-heure à arpenter la rue. D'abord tu t'es remis à courir, puis tu t'es arrêté et tu as fait demi-tour. Tu es revenu à ton point de départ. Toujours en courant. Ton cœur bat vite mais pas à cause de la course. Tu paniques.

Tu as essayé de pénétrer dans les premiers immeubles. Mais les digicodes restent muets à tes appels. Tu n'as pas trouvé de noms sur les portes.

Il a disparu.

Rentre chez toi. Ta mère doit t'attendre, inquiète.

Ce n'est pas possible. Tu bous. Tu vas exploser. Tu ne peux pas rentrer chez toi maintenant. Pas dans cet état. Alors tu continues à marcher. Tu pourrais appeler Mike ? Il est presque tout le temps chez lui. Mais chez

Mike, il y a toujours un joint qui traîne. Non, ce n'est pas de ça que tu as besoin.

Tu finis par rentrer dans le supermarché près du parc. Tu achètes un pack de bières et retournes dans le parc. Tu te choisis un banc. Boire tout seul, tu n'as jamais fait ça. Ça te semble un peu stupide. Pour un peu, tu aurais honte. Il te manque les autres pour te cacher au milieu. Tant pis, maintenant que tu as commencé, il faut aller jusqu'au bout. Tu bois les six bières en fumant cigarette sur cigarette. Tu ne sais pas quelle tête tu fais, mais les quelques types qui s'approchent pour te demander une bière ou une cigarette font vite demi-tour. Ils comprennent.

Quand tu écrases entre tes mains la dernière canette, tu te sens prêt. Prêt à en découdre. Le premier qui passe. Plutôt un adulte. Grand et costaud de préférence.

Le tour du parc ne t'apporte pas ce que tu cherches. Alors tu sors, tu rôdes. Il y a des hommes dans les rues, mais aucun ne te semble être le bon. Forcément. Celui que tu cherches a disparu.

Tu enfiles les rues de ta démarche rapide et nerveuse. La tension monte. Tu aimerais tant pouvoir t'en défaire, afin de rentrer chez toi et dormir.

Il est tard maintenant. La nuit est tombée. Ton portable a sonné plusieurs fois. Ta mère. Tu n'as pas décroché. Ta bouche est pâteuse et tu te sens un peu plus mou. Le désespoir a pris la place de la rage qui t'habitait encore tout à l'heure. Tu ne sais pas comment tu as fait pour te retrouver dans les rues désertes du quartier du port. Ces rues qui ne t'ont jamais paru aussi tristes et sordides que ce soir. Tu penses tellement à toi et à ta petite misère, les bières t'ont tellement ramolli, que tu ne prends conscience que maintenant du bruit de pas derrière toi.

Quand, enfin, tu te retournes, il est là, juste devant toi.

Et il a remis sa cagoule.

chapitre 20

Si tu te laisses aller au vertige qui te prend, tu vas devenir fou. Tu regardes ses yeux au milieu du tissu noir et alors tu comprends d'où vient cet air familier. Ces yeux, quelque part, ce sont aussi les tiens. Des yeux froids, des yeux durs.

Tu as une seconde d'hésitation, peut-être deux, avant de bondir. Il s'écarte tranquillement, en prenant presque son temps. Et tu le loupes. Tu charges à nouveau, ton poing jaillit. Et lui se contente de bouger encore une fois, juste un peu. Il a bougé sans s'écarter vraiment, il est maintenant à côté de toi, vos deux corps se touchent.

Et il a saisi ton poignet.

Il ne fait que poser sa main libre sur ton avant-bras, appliquer une petite torsion de ses deux mains en se baissant légèrement.

Et malgré la torpeur dans laquelle l'alcool t'a plongé, te voilà qui bascules dans un océan de douleur.

Ton cri tient tout autant du cri de bête que du cri de surprise.

Une petite torsion encore et tu te retrouves à hurler comme jamais tu n'as hurlé de ta vie.

Il relâche sa prise, tu recules rapidement sans le lâcher du regard.

Tu sais déjà que tu as perdu mais tu charges encore.

Les animaux font ça. Charger, encore et encore, même quand tout est foutu.

La troisième fois, tu te retrouves sans comprendre avec l'un de ses bras sous ton menton. Il pivote un peu et tu te ramasses sur le sol.

En te relevant, tu sens une main qui se pose sur ta main. Rien d'agressif. C'est presque doux. Amical ? Les doigts se serrent et ton cri jaillit, encore, ton cri de bête qui remplit la ruelle et fait trembler, là-bas, les feuilles des arbres fruitiers.

Quand il relâche sa prise, tu n'as plus de coude, plus de poignet. Tu te remets debout et recules. Il faut que tu fasses plus attention. Tu vas attendre qu'il avance et alors tu lui enverras ton « Ba-Ba-Bam ! » dans le bide.

Tu le regardes, il est là, devant toi, les bras le long du corps, légèrement de profil. Comme s'il te mettait au défi d'approcher. Reste calme. C'est lui qui va venir.

Quand tu le vois approcher enfin, une joie furieuse t'envahit. Il est à toi.

Vas-y, maintenant !

Tu bondis et lances ton poing droit. Le gauche n'est pas loin. Il va venir frapper une fraction de seconde après, puis ensuite ce sera encore le droit, pour un dernier coup.

« Ba-Ba-Bam ! »

Le bruit mat des coups dans le ventre est un bruit que tu connais bien. À toi de faire un pas de côté, puis encore un. Pourquoi est-ce que tu ne respires plus ? Oh ! Que t'arrive-t-il ?

Tu lèves la tête et l'interroges du regard avant de t'écrouler sur le sol, les mains sur le ventre.

Tandis que les larmes jaillissent sur tes joues, cherchant toujours à faire rentrer un peu d'air dans tes poumons, tu entends ses pas s'éloigner dans la ruelle.

chapitre 21

Tu rentres chez toi en rasant les murs. Tu fais des pauses régulièrement pendant lesquelles tu essaies de retrouver ton souffle avant de reprendre ta route. Tu as mal au ventre. Il n'est pas tard, 22 heures. Il faut que tu évites ta mère. Ça va être compliqué. Tu te glisses dans l'ascenseur puis sur ton palier. Une oreille sur la porte.

Silence.

Tu sors tes clefs. Ouvre donc la porte. Que crains-tu comme ça ? Tu rentres. Il n'y a pas les lumières habituelles, cuisine, couloir, salon, ni la radio à tue-tête.

Dans la salle de bains où tu t'enfermes, tu te déshabilles et te fais couler un grand bain. Tu te regardes dans le miroir du placard. Il y a des traces roses sur ton ventre.

Tu restes ainsi, les oreilles sous l'eau, sans penser à rien, presque une heure. Quand tu sors, ta mère n'est toujours pas rentrée. Tu te mets au lit sans manger. Et contre toute attente, tu t'endors.

Les bruits de l'immeuble font partie de toi depuis toujours. Tu les enregistres sans le savoir. Tu n'y fais même plus attention.

Alors, pourquoi te redresses-tu comme ça sur ton lit en grimaçant de douleur ?

Parce qu'il en manque.

Ce matin, manque à l'appel une foule de bruits. Celui du verrou de la salle de bains qui se ferme, celui de l'eau qui coule, du clic-clic de la gazinière qu'on allume, des dents du couteau à pain qui s'échinent sur une croûte durcie par les jours.

Ta mère n'est pas dans la maison.

Tu sors de ta chambre une main sur le ventre. Tu regardes, là-bas, à l'autre bout du couloir, la porte de sa chambre. Tu fais un pas, t'arrêtes. L'effroi te glace et te fige. Pour un peu, tu descendrais les escaliers en courant pour ne plus jamais revenir ici. Ce n'est plus de l'effroi, c'est de la terreur.

Tu trouves quand même la force d'aller jusqu'à la porte et de l'ouvrir.

À l'intérieur de la chambre de ta mère, le lit est fait.

Tu n'arrives pas à savoir si c'est un bon ou un mauvais présage.

De retour dans ta chambre, tu cherches ton téléphone. Non, pas de message. L'appeler ? Tu n'oses pas. Tu te retrouves dans la cuisine, devant le frigidaire. Il n'y a aucun mot de ta mère retenu par un aimant. Elle faisait ça avant. Des petits mots quand elle quittait l'appartement avant que tu ne te lèves. « Bonne journée, à ce soir », « N'oublie pas ton rendez-vous chez le dentiste. Bisous. »

Et toi aussi, tu n'as pas oublié, n'est-ce pas ? Toi aussi tu lui laissais des petits mots. Avec des cœurs mal fichus dessinés en vitesse avant de partir pour l'école.

Seuls les aimants sont restés, joyeux, colorés, des fruits, des personnages, des lettres de l'alphabet. Aujourd'hui, ils ne retiennent plus que des listes de courses, des ordonnances ou des heures de rendez-vous.

Tu ne déjeunes pas, sûr que rien n'arriverait à passer de toute façon. Dans le salon, tu t'allonges sur le canapé en grimaçant à cause de ce ventre qui te fait mal. Tu allumes la télévision et essaies de t'oublier.

Quand tu te lèves, l'après-midi est déjà là. Tu es nauséeux. Dans la salle de bains, tu observes ton ventre sur lequel des bleus commencent à apparaître. Tu as mal comme après une séance d'abdos. Tu baisses rapidement ton t-shirt, tu ne veux pas voir ça, tu ne veux pas avoir à repenser à hier soir. À ce qu'il t'a fait.

Tu finis par te faire une pizza surgelée sur les coups de 17 heures. Ta mère ne devrait pas tarder à rentrer de son travail. Si elle veut te parler, tu pourras toujours t'enfuir à nouveau ou t'enfermer dans ta chambre. Le ventre plein.

Mais ta mère ne rentre pas. Toujours pas de message sur ton portable. Tu retournes dans sa chambre, ouvres son placard. Sa valise n'est plus là.

Te voilà rassuré. Elle a dû aller chez l'une de ses amies. Pour souffler. Pour éviter de croiser son fils qui la violente et la vole.

Tu laisses passer encore plusieurs heures. Une douche pour te détendre, des vêtements propres. En t'habillant, tu te rends compte que tu es parfaitement calme. Tu repenses à l'un de ces mangas que tu as lus dernièrement, où le héros met son kimono avec lenteur, en respectant tous les gestes. Juste avant d'aller affronter un ennemi qui, il le sait, va le tuer.

Vingt-trois heures, tu sors de ton immeuble.

Calme, détendu.

Tu commences par les ruelles du port. Tu continues par les rues piétonnes du centre-ville.

Tu sais que ce n'est pas ici que tu le trouveras. Ou que lui te trouvera.

C'est toujours lui qui te trouve.

Tu n'as qu'à marcher.

Pour finir, tu pénètres dans le parc.

chapitre 22

Cette fois tu ne presses pas le pas. Au contraire. Tu prends le temps. L'odeur des fleurs et de la terre, le cri des oiseaux qui s'apostrophent de buisson en buisson. C'est l'endroit le plus sombre de la ville. Lampadaires solitaires, ombre des frondaisons. Une sensation étrange : calme et danger mélangés.

Tu marches à pas lents, devinant de temps à autre le couple sur le banc ou l'oiseau sur la branche. Tu passes devant le kiosque à musique, montes les marches et te retrouves au milieu. Il n'y a rien hormis une canette de bière en aluminium posée à même le sol. Tu prends appui sur le garde-corps et allumes une cigarette en scrutant les pelouses et les grands arbres que tu devines devant toi. En dehors du minuscule halo au bout de ta cigarette qui donne à l'extrémité de tes doigts une belle couleur orange, il n'y a plus de couleur nulle part. Tu pourrais passer la nuit, ici, sous ce kiosque. Calme, enfin. Mais ta cigarette écrasée, tu redescends les quelques marches et reprends ta route.

Peu après, tu croises un groupe, filles et garçons. Certains portent de grands sacs plastiques à l'intérieur desquels tintent des bouteilles. Pour une fois, tu ne ressens rien, ni colère ni envie. Qu'ils se trouvent une place tranquille pour vider leurs bouteilles, rire et s'amuser.

Ce soir, tu cherches autre chose.

Tu pénètres dans une zone plus sombre encore, ce sont les frondaisons de deux gros ifs qui absorbent les lumières de l'extérieur. Tu rentres dans la nuit. C'est agréable. Tu pourrais marcher comme ça pendant des heures. Pourtant, là-bas, tu devines un espace plus clair. C'est l'aire de jeux.

Tu approches.

Tu brûles.

Tu brûles !

Tu as deviné.

Il est assis sur le même banc où il discutait avec ta mère. Tu approches sans essayer d'amortir le son de tes pas. Tu aimerais rester calme et serein, mais déjà ton cœur s'accélère.

Tu es à trente ou quarante mètres et tu devines la silhouette. Elle est en train de se mettre quelque chose sur la tête. Une cagoule, bien sûr. Mais à quoi bon ? Pourquoi se cacher ? Il sait que tu sais. Alors quoi ! Lui aussi a peur ? Peut-être vous ressemblez-vous au-delà de l'apparence physique ?

Tu t'arrêtes.

Il se lève, pousse la petite barrière qui grince dans la nuit, puis se dirige vers toi d'un pas calme.

Vous êtes maintenant l'un en face de l'autre.

Et cette fois, tu ne te sens pas acculé, pas de précipitation. Tu vas prendre ton temps.

Alors vous restez là, face à face, chacun essayant de deviner les traits de l'autre, ses intentions.

Toi, tu n'as que ses yeux. À peine une vague lueur dans la nuit. Il y a un petit lampadaire là-bas, mais trop loin. Tu aimerais parler. Il faut que tu parles. Vas-y ! Parle, parle donc !

Tu ouvres la bouche, tu essaies, mais encore une fois, c'est ton poing qui parle.

Il l'évite de justesse et te repousse. Il aurait pu te frapper à son tour, ou te faire l'une de ses prises. Tu sais, celles qui te font hurler à la mort. Mais non, il s'est contenté de te repousser. Alors tu y retournes. Une feinte du bras droit puis le gauche qui part sans prévenir, de bas en haut. De quoi lui exploser la mâchoire.

Il te contre de ses deux mains réunies. Et te repousse.

Quoi ? Qu'est-ce qui lui prend ? Qu'est-ce qu'il a ?

Cette fois tu te lances tout entier.

Tu le heurtes d'un coup d'épaule, tu as tellement peur que tes poings échappent à ton contrôle. Ils frappent, frappent sans réfléchir. Il y a du danger. Tu sens que tu es encore parti pour te faire avoir.

Tu ne sais pas vraiment si tu l'atteins, si tu lui fais mal. Se joue-t-il encore de toi ?

Tu cries.

– Salaud ! Fumier ! Enculé de merde !

Tu as peur, de plus en plus. Non, il ne répond pas. Il évite tes coups, il recule. Sans un mot. Ta respiration soulève et abaisse ton corps, soulève et abaisse ton corps.

Alors tu remets ça pendant que tu as encore assez de force. Frapper, hurler.

– Connard ! Espèce de connard ! T'étais où ? Hein ? Sale fils de pute ! Pourquoi tu nous as laissés tout seuls ? Pourquoi t'as jamais été là ? Pourquoi ? Pourquoi tu reviens maintenant ?

Pourquoi ?

Pourquoi ?

Pourquoi ?

Tu hurles ! L'air brûle tes poumons. Tu vas exploser. Ton cœur va exploser.

Il faut que tu frappes, encore, vas-y, tu n'as pas tout dit.

Tu aimerais trouver des mots qui font vraiment mal, mais tu te sens impuissant. Tu cries encore, tu frappes et tu sens bien que tu le touches.

Mais ni tes poings ni tes mots ne semblent l'atteindre vraiment.

Comme s'il ne se sentait pas concerné.

Il n'a pas dit un mot, mais tu entends sa respiration à lui aussi.

Plus forte, plus courte. Saccadée.

Sans le vouloir, vous vous êtes rapprochés du lampadaire.

Tu le vois bien désormais. Tu vois ses yeux, mais tu ne comprends pas. A-t-il peur ? Mal ?

Il est là, les bras le long du corps, toujours debout, offert. Et tu ne sais plus quoi faire.

Tu le hais. C'est comme s'il t'avait jusque-là laissé le frapper.

Tu aimerais le défoncer, le tuer. En finir.

Vas-y. Tu peux le faire.

Quand tu bondis, tu n'es plus qu'un cri.

Tu le cognes violemment à l'épaule. Il n'a même pas essayé de t'éviter. Il bouge sous le choc, pivote, manque de tomber. C'est le moment, « Ba-Ba-Bam ! » Cette fois, tu as réussi. Tes trois coups dans le ventre. Il se plie en deux, grognant, une main sur l'abdomen. Finis-le, vite ! Oui, c'est ça, un coup de pied dans la gueule.

Mais ton pied ne rencontre que le vide. Te voilà déséquilibré. Encore l'un de ses tours. Tu te retournes. Vite, vite, dépêche-toi. Trop tard, il vient de poser ses mains sur toi. Calmement, comme s'il avait tout son temps. Tu essaies de te dégager d'une violente secousse mais c'est trop tard. Tu te retrouves les jambes pliées, respiration bloquée. Il se tient au-dessus de toi, en te maintenant la tête baissée. Il a passé un bras autour de ton cou.

Tu n'as plus d'air à avaler.

Plus d'injures à cracher.

Des mouches dansent devant tes yeux. Elles sont invisibles et pourtant tu les vois.

Regarde-toi, pauvre idiot, tu vas mourir.

Il te tient dans ses bras, l'arrière de ta tête repose sur son torse. Tes mains sont prises en tenailles dans ton dos. Vous respirez ensemble, même s'il n'y a plus d'air qui rentre dans tes poumons. Devant tes yeux, il y a la petite aire de jeux. Tu te dis que ça va être la dernière image, celle que tu vas emporter avec toi. Avec ce banc où tu as vu ta mère pour la dernière fois. Et tu es là, dans ses bras, à baver, l'écume aux lèvres, haletant comme un cheval blessé, un cheval en train de crever.

C'est alors que tu entends la voix au-dessus de toi.

« Calme. Calme. Tout doux. »

Alors, tu comprends, mais ce n'est pas facile, tu comprends que si de ton côté tu relâches la pression, l'air arrive à passer.

« Calme. Calme. Allons. »

C'est drôle, tu connais cette voix. C'est une voix bien particulière.

Tu te détends, l'air arrive. Ça fait mal.

Tu te détends et tu sens que la prise se relâche, encore, encore un peu.

Voilà, maintenant !

Tu t'arc-boutes en donnant tout ce que tu peux. Ta force, ta jeunesse, tu donnes tout. Et tu te relèves. Dans le même geste, tu te retournes et portes une main vers son visage, empoignant cagoule et cheveux. Tu tires.

L'étreinte s'est resserrée aussitôt. Tu es toujours dans ses bras mais de face désormais. Vous ressemblez à deux amoureux.

Devant toi, à quelques centimètres de tes yeux, il y a le visage de ton prof de français.

Et tu restes là la bouche ouverte, immobile, sans comprendre. À regarder ton prof de français et ce regard qui t'est si familier.

Tes muscles sont complètement relâchés. Et pour de bon cette fois.

– Allez, viens là, viens là mon vieux. Allez, c'est fini, dit-il en t'attirant doucement vers lui.

chapitre 23

Tout à l'heure, tu quitteras le parc pour prendre le chemin de la maison.

Tu passeras par le quartier du port et tout te semblera bien, même sans être défoncé. Il y aura la lumière jaune des lampadaires, les enduits fatigués des façades, les branches des arbres fruitiers qui se pencheront vers toi, par-dessus les murs. Peut-être même, si tu as de la chance, croiseras-tu le petit chat de l'autre soir ?

Ensuite tu longeras le port, et tu verras, les bateaux ne te sembleront plus aussi moches. Tu passeras le pont et après avoir marché encore un peu, tu arriveras dans ton quartier. Tu croiseras forcément des gens de ton immeuble, et si tu n'es pas encore prêt à les saluer, au moins, tu sais que tu n'auras plus à rouler des épaules et à les fusiller du regard en les croisant. Parce que tu n'as plus peur.

Tout à l'heure, tu rentreras chez toi.

Tu y trouveras ta mère, morte d'inquiétude.

Alors, tu t'approcheras, tu la prendras délicatement dans tes bras. Ça te fera drôle, bien sûr, parce que vous n'avez plus l'habitude. Mais tu ne flancheras pas.

Ta voix tremblera bien un peu, tes yeux seront humides, peut-être. Mais tu ne te défileras pas. C'en est fini du temps où tu t'enfuyais dans les escaliers, le temps où tu te dérobais à toi-même. Oui, tu prendras ta mère dans tes bras et tu lui demanderas de te parler de ton père. De cet homme que tu ne connais pas. Alors, elle te prendra par la main et vous irez vous asseoir tous les deux sur le petit canapé du salon. Et elle te dira tout. À un moment, après avoir pleuré, elle se lèvera, elle ira dans sa chambre d'où elle reviendra avec une photo. Une photo que tu regarderas longuement.

Oui, tout à l'heure.

Mais pour l'instant, reste encore un peu dans ces bras qui ne sont pas ceux que tu as cru. Dans les bras de cet homme que tu ne connais pas et qui, pourtant, te les ouvre. Tu es encore un enfant. Et c'est bon, c'est bon de se blottir contre des épaules qui ne demandent rien en échange.

Vas-y, maintenant, tu peux pleurer.

Ouvrage réalisé par
Cédric Cailhol Infographiste.

Reproduit et achevé d'imprimer
par l'Imprimerie France-Quercy à Mercuès
en décembre 2016.

Dépôt légal : janvier 2017
N° d'impression : 61241/
ISBN : 978-2-8126-1199-5

Imprimé en France